Et øjebliks fred

- Små hverdagstanker

Kolofon:
April 2024 ©
Udgiver: Lone Rytsel – Bogforlaget i Sandvig
Forlag: BoD – Books on Demand, Hellerup, Danmark
Tryk: BoD – Books on Demand, Norderstedt, Tyskland
ISBN: 9788743057758

Et øjebliks fred

- Små hverdagstanker

Indhold

Baggrund for bogen

Jeg skriver ord, der inspirerer mig til emner, der giver stof til eftertanke eller måske bliver til små historier.

De seneste år har været nogle usædvanlige år, og dermed opstod der også usædvanlige historier.

Først var der Coronatiden og så kom der en ulykke, der gjorde det svært for mig at læse lange tekster og tykke bøger, som jeg altid har gjort.

Det motiverede mig til at skrive mindre tekster og især det, man i dag måske kalder kortprosa eller tidligere prosalyrik. Intet der rimer, men ord, der måske gentages og forstærker betydningen.

Jeg fik flere ideer ved at følge FebruaryFiction i februar måned på Facebook i årene 2022, 2023 og 2024.

Her gælder det om at skrive en tekst på 100 ord hver dag. Oplægget var et ord, en sætning og et billede.

Jeg blev mest inspireret af ordene og ikke så meget af billederne. Alle ordene gav mig lyst til at reflektere over dagens tanker og mine daglige oplevelser.

Jeg har altid været glad for at skrive, og jeg har oplevet i mine år som forfatter, at det at skrive forløser, og det er godt at få sine tanker ned på tryk. Ved forskellige udfordringer, kan man opleve, at man finder løsninger, men det kan også være positive ord, der forstærker de positive tanker, der styrker oplevelsen af et godt liv.

Det sidste har jeg brugt i denne lille bog med små hverdagstanker.

Måske kan nogle af dem opmuntre, underholde eller give inspiration?

Det vil glæder mig, hvis du som læser, bliver inspireret til selv at skrive dine egne små hverdagstanker.

Et udvalg af bogens tekster bliver brugt som optakt til efterårets forfatterværksted på Sandvig Folkeoplysning og Fortælleværksted ved månedlige møder på zoom i dagtimerne, hvor der skrives ud fra forskellige oplæg, læses op og kommenteres af de medvirkende, der ønsker det.

Alle kan være med, og da det foregår på Zoom, kan man deltage uanset, hvor man bor.

Se mere på hjemmesiden: **Sandvig-Folkeoplysning.dk**

Bogen er illustreret af mig selv, da jeg i de seneste år har oplevet, at det er godt at kombinere skrivning med tegning og maling.

Lone Rytsel

April 2024

Et øjebliks fred

Hverdagen er fuld af mange gøremål.

Opgaver, der skal løses.

Oprydning, madlavning, rengøring, indkøb og meget mere.

Udfordringer, der skal tages stilling til.

Arbejde, familie, venner, ferie og økonomi.

En velsignelse at finde et øjeblik uden alle de opgaver.

Et øjeblik bare for mig selv.

Intet at forholde mig til.

Ingen, der forventer noget af mig.

Ingen, der taler til mig.

Ingen, der afbryder mine tanker.

En velsignelse.

Et øjebliks fred.

Alt for kort.

Men dog et øjeblik.

Et øjebliks fred.

Et øjeblik kan blive langt.

Bare nyd det.

Giv dig selv den mulighed.

Gør det på den måde, du mest har lyst til.

Musik kan være godt.

Natur kan være endnu bedre.

For mig er fantasi det allerbedste.

Det er den vej

Det er den vej, sagde de.

Det ville jeg ikke.

Ingen skulle bestemme min vej.

Jeg går den vej, som jeg har lyst til.

Det kan man ikke, sagde de.

Jeg var ligeglad.

Du skal da ikke tro, du er noget. sagde de.

Jeg troede ikke noget.

Jeg var bare mig.

Stort bryllup.

Inviteret til lang selskabskjole.

Ikke jeg.

En flot grøn kjole.

Men ikke lang.

Bare lille Lone i lårkort.

Det kan man ikke, sagde de.

Hvorfor ikke?

Hvorfor skulle jeg lade mig styre af andre?

Jeg kender min vej.

Min vej er min egen.

Tør du?

Tør du?

Tør jeg?

Være anderledes.

Ikke som de andre.

Gå verden imod.

Være mig selv.

Stå ved mig selv.

Gøre tingene på min måde.

Tør jeg?

Hvorfor ikke?

Hvad kan der ske?

Bliver jeg så set ned på?

Måske.

Bliver jeg grinet af?

Måske.

Bliver jeg udstødt af det fine selskab?

Måske.

Men jeg har alligevel ikke lyst til at være medlem af det fine selskab.

Det fine selskab keder sig.

Tror jeg.

Jeg har fantasi.

Jeg har også mod.

Jeg tør.

Jeg tør gå imod strømmen.

Jeg siger bare PYT.

Det er bedst at skille sig ud

Tror jeg nok.

Godt at være anderledes.

Godt at skille sig ud.

Godt at være synlig, fordi jeg ikke er som andre.

Men sådan har det ikke altid været.

Jeg ville være som de andre.

Jeg ville se ud som de andre.

Jeg ville have samme tøj som de andre.

Jeg ville kunne det samme som de andre.

Jeg ville kunne løbe på skøjter.

Jeg ville være lige så klog som de andre.

Det var dengang, jeg ikke kendte glæden ved bare at være mig selv.

Hold af mig

Jeg føler, at der er mange, der holder af mig.

Sikkert også det modsatte.

Men hvad kan jeg gøre ved det?

Hvad kan jeg selv gøre?

Jeg kan holde af mig selv.

Det er ikke så svært.

Eller måske er det svært.

Jeg må ikke tro, jeg er noget.

Må jeg så ikke holde af mig selv?

Jo, jeg må elske mig selv.

Jeg må gerne tro, at jeg er noget.

Jeg må holde af mig selv.

Så er det også lettere at holde af andre.

Jeg holder af mig selv.

Men andre må også gerne holde af mig.

Nat i byen

Det er nat.

Ikke i byen.

Jeg bor på landet.

Nat på landet.

Natten er mørk og utryg.

Men natten indenfor er tryg.

Natten er min egen.

Om natten kan jeg gøre næsten, hvad jeg vil.

Jeg kan læse uden at blive forstyrret af TV.

Jeg kan se TV og har selv styr på fjernbetjeningen.

Mine tanker kan blomstre og udvikle sig.

Ingen forstyrrelser.

Bare mig selv og mine tanker.

Natten er dejlig.

Jeg elsker den.

Her finder jeg mig selv og min sjæl.

Bare mig og mine tanker.

Tænk at have sin egen nat.

Helt alene.

Forvent noget godt

Godt at forvente noget godt.

Vi er bedre til at forestille os noget andet.

Vi tænker ofte: Hvad nu hvis?

I dag skal jeg til byen.

Og ud på motorvejen.

Hvad tænker jeg så?

Bare der ikke er kø.

Jeg orker ikke at holde i kø.

Tænk, hvis jeg kommer for sent.

Hvordan vil det være at tænke?

I dag skal jeg til byen og ud på motorvejen.

Hvor jeg glæder mig.

Jeg kan se for mig, hvordan trafikken glider.

Jeg kommer frem i god tid.

Måske kan jeg nå en kop kaffe?

Vil ikke forstyrres

Sådan et skilt har jeg tit brug for.

Vil ikke forstyrres.

Giv mig dog lidt fred.

Lidt fred til mine egne tanker.

Lidt fred for lyde og billeder.

Ikke at skulle forholde mig til noget.

Ikke at skulle svare på spørgsmål.

Ikke nemt med en stor familie.

Men det har jeg ikke.

Og alligevel.

Naturligt, jeg skal være til rådighed.

Jeg er chef.

Naturligt, det er mig, der ved, hvor alting er.

Men vil ikke forstyrres.

En menneskeret at sætte sådan et skilt op.

Og uden at nogen føler sig svigtet eller tilsidesat.

Vil ikke forstyrres.

Bare et skilt.

Fra generation til generation

Er vi blevet historieløse?

Har vi glemt dem, der kom før os?

Husker vi ikke fortiden?

Vigtigst af alt, har vi glemt at lære af fortiden?

Alt syntes at gentage sig.

Vi har oplevet det hele før.

Hvis vi er gamle nok.

Aldrig mere krig.

Var der mange, der sagde engang.

Aldrig mere mobning af børn, var der mange, der lovede.

Aldrig mere.

Aldrig mere alting.

Tror, vi har glemt vores rødder.

Tror, vi er forblændet af fremtidens muligheder.

Tror, vi har mistet jordforbindelsen.

Men vi kan nå det endnu.

Husk at fortælle din generations historie.

Det som ingen ved

Kan man have en hemmelighed, som ingen ved?

Måske.

Men nogen kender den vel?

En hemmelighed, der helt er ens egen.

Det er vel ikke så dårligt endda.

Jeg vil gerne have en hemmelighed.

Sådan én, som jeg kan holde for mig selv.

Sådan én, som jeg kan gemme på, til jeg en dag får lyst til at fortælle den.

En hemmelighed, som ingen kender.

Måske er der én, der kender den.

En, der vil elske at afsløre den.

Måske skulle jeg selv fortælle den.

Inden det er for sent.

Hvis jeg altså har en hemmelighed?

Nysgerrig

Er du nysgerrig?

Er du ikke bange for at prøve noget nyt?

Kan du gøre det uden sommerfugle i maven?

Sikkert ikke.

Du har det måske lige som jeg.

Nysgerrig.

Lyst til at prøve noget nyt.

Kaste dig ud i ting, du ikke kender.

Du ved ikke, hvad der sker.

Alt er muligt.

Virkelig alt.

Det kan blive en succes.

Det kan blive flovt.

Det kan blive en katastrofe.

Men du gør det alligevel.

Det værste ville være Ikke at prøve det.

Ikke at gøre det.

Opleve at sidde som 90-årig og tænke:

Hvorfor gjorde jeg det ikke?

Samvittighed

Hvad er samvittighed?

En følelse, vi har lært.

Noget er godt.

Noget er forkert.

Hvem har lært os det?

Vores forældre?

Skolen?

Måske præsten?

Behandl andre, som du selv vil behandles.

Vend den anden kind til.

Hvad nu, hvis vi ikke magter det?

Skal vi så have dårlig samvittighed?

Romantik

Jeg drømte i nat om en lille pige.

Hun var klædt i smukke lilla klæder.

Blomster i håret.

Fløj på fantasiens vinger.

Sommerfugle sad i det ene hjørne.

Sagde til hinanden:

Se hende.

Os, der ser på hende, får de dejligste minder.

Og alle de romantiske stunder, vi har haft i vores liv.

Jeg vil påskønne alle mine romantiske og hjertevarme minder.

Og lede efter dem i dagligdagen.

Især de følelser, jeg havde, da livet var nyt og uprøvet.

Den tid vil komme igen.

Alt nyt vil være nyt.

Også for mig som voksen.

Ja, alt nyt vil være nyt.

Det moderne liv

Alt skal måles og vejes.

Alt skal ha en betydning.

Alt skal kunne bruges til noget.

Alt skal have en mening.

Vi er kun noget ved det, vi gør.

Vi er intet ved blot at være.

Vi har alt for travlt.

Vi glemmer at leve livet.

Måske kunne vi leve langsommere.

Måske kunne vi nyde livet noget mere.

Måske kunne vi tænke over, hvem vi er.

Måske kunne vi finde vejen til healing.

Healing for krop, sind og ånd.

Herlige livsminder vil dukke op.

Forelskelse, fællesskab og kærlighed.

Nyde bare at se og opleve.

Nyde bare at være.

En uromager

Hvem er det?

Én, der sætter liv på tilværelsen.

Tror ikke, det er mig.

Og dog alligevel.

Jeg er tilbøjelig til at mene noget andet end min bedste veninde.

Hun bliver ofte sur på mig.

Det tager jeg mig ikke af.

Det giver spænding.

Jeg bliver oplivet.

Sikke en diskussion, vi kan få.

Tror faktisk, jeg har øvet mig allerede som barn.

Jeg sagde altid min søster imod.

Jeg mente altid noget andet end hende.

Og det kunne hun ikke lide.

Jeg var også uromager i hendes øjne.

Så uromager.

Ja, det er jeg vist.

Og jeg kan lide spændingen.

Er du også en uromager?

Hvis ikke, så prøv det en dag.

Offer eller overlever?

Let at være offer for livet og omstændighederne.

Også nemt at være overlever.

Du bestemmer selv.

Mange gange i livet, sker der noget, vi ikke selv har ansvar for.

Du kan vælge at kæmpe imod det.

Du kan vælge at acceptere det.

Arbejd med det, du kan gøre noget ved.

Accepter det, der ikke er muligt for dig at ændre på.

Er det let?

Livet er det, vi gør det til.

Vidunderligt.

Spændende.

Inspirerende.

Eventyrligt.

Fantasifuldt.

Fyldt med muligheder.

Eller det kan være:

Gråt.

Kedeligt.

Trist.

Elendigt.

Deprimerende.

Surt.

Fastlåst.

Uden nogen muligheder.

Du bestemmer selv.

Byen, hun aldrig nåede at se

Hun vidste, hvor den lå.

Hun gjorde, hvad hun kunne.

Ledte i de gamle gemmer.

I alle skuffer og skabe.

I chatollets mange hemmelige rum.

En dag fik hun trykket det rigtige sted.

Fandt adressen.

Fandt det på kortet.

Planlægge turen.

Men hun var blevet gammel.

95 år.

Rejsen var lang og anstrengende.

Da hun blev indlagt på et hospital, vidste hun, at hun aldrig ville nå frem.

Det var for sent.

Hun fik aldrig set den lille by, hvor hendes far blev født.

Hun nåede heller aldrig at lære sin far at kende.

Sørg for, det aldrig bliver for sent for dig.

Efteråret

Tidligt farvel til dagslyset.

Jeg nyder det.

Lytter og reflekterer.

Hvad sagde sommeren mig?

Inspiration og nye ideer.

Glæde og taknemmelighed.

Travlhed og stress.

Nu er der ro.

Jeg vil nyde hvert sekund.

Trække vejret dybt.

Lytte til lækker musik.

Synge og danse.

Udvikle sommerens energier.

Opdage stilhedens velsignelse.

Mørket giver ret til tidlig nat.

Natten giver ro og dybe drømme.

Drømme giver glæde og tilfredshed.

Livet er fantastisk og eventyrligt

Aldrig oplevet så dejlig en eftersommer.

Aldrig forventet et efterår.

Fuld af nye og flotte farver.

Gule, grønne og røde.

Jeg glæder mig.

Jeg lever lige nu.

Tag imod livet

Ja, det vil jeg.

Tage imod livet, uanset hvad.

Livet giver mig glæder og sorger.

Livet har op- og nedture.

Livet bliver ofte ikke, som vi havde forventet det.

Men det værste ville være ikke at vide, hvad vi kunne være gået glip af.

Det ville være dumt ikke at tage imod livet.

Det er fantastisk at tage imod det.

Det betyder, at jeg må tage det, der kommer.

Jeg vil gerne ha` kærlighed og glæde.

Men så kan jeg også risikere tab og sorg.

Jeg vil også gerne ha` oplevelser, men de kan også ha` en pris.

Flyve i paraglider, så kan jeg falde ned.

Køre stærkt i min nye bil, så kan jeg køre galt.

Men tager imod livet alligevel.

At ha` lykken med sig

Det har jeg – altså lykken med mig.

Livet har ikke altid været en lige landevej.

Det ville også være alt for kedeligt.

En lang vej med mange små sideveje og bump.

Kursen blev sat, men afveget mange gange undervejs.

Troede det var den vej.

Nej, nok ikke den.

Prøver igen.

Næ, nok ikke den rigtige vej.

Prøver en sidevej til højre.

Øv, heller ikke denne vej.

Så måske til venstre.

Der var den.

Den rigtige vej

Gik fint på den lige vej, men så et bump, og et bump mere.

For mange bump, så det var den forkerte vej.

Find en ny, tænkte jeg.

Og det gjorde jeg.

Livsvejen blev helt fantastisk.

Jeg havde lykken med mig.

Var det rent held, eller havde jeg selv en finger med i spillet?

Overblik

Et dejligt ord.

Det smager positivt.

Et blik over noget.

Et blik, der løfter sig op i helikopterperspektiv.

Tænk at se det hele fra oven.

Se ud over alt og alle.

Se hvordan dominobrikkerne falder.

Eller puslespillet, der falder på plads.

Afhængig af, hvad man gør.

Kan ikke leve uden overblik.

Har brug for sammenhæng og se muligheder.

Vågne om morgenen og planlægge, hvordan dagen skal hænge sammen.

Det kræver noget at kunne finde sit overblik.

Fra en enkelt opgave på dagen.

Morgenkaffe – og hvad så?

Folk vil gerne vide, hvordan dagen kommer til at ende.

Se slutresultatet.

Se produktet.

Også produktet af en enkelt dag.

Også selv om det bare handler om en dag uden aktiviteter.

Men bare at være i nuet

Synk ind i nuet.

Hvad vil det sige?

Ind i nuet.

Ja, god ide.

Vi er ofte alle sammen alle andre steder end lige her.

Lige hvor vi er nu.

Vi tænker på det, der var.

Det, der skete i går.

Det, der skete, da vi var børn.

Og så er der alt det, der kan ske i morgen.

Det, vi skal gøre.

Det, vi skal huske.

Indkøb, rengøring og lige nu julekort.

Det er langt vanskeligere at blive i nuet.

At koncentrere sig om nuet.

Det er NU.

Det er her, det sker.

Føj, hvor er det svært.

Og så skal jeg synke ind i det.

Er det ligesom at synke mine vitaminpiller.

Jeg må vist øve mig.

Synke ind i nuet.

Vrede

Brug din vrede.

Vrede er en af vores mange følelser.

Jeg er aldrig vred eller næsten aldrig.

Husker de få gange, hvor jeg var vred.

Og hvad gjorde jeg så?

Kunne ikke holde den negative følelse ud og dulmede den med et glas.

Det virkede bestemt ikke.

Eller en anden gang, hvor jeg ikke kunne rumme følelsen og ændrede den til en begyndende depression.

Gav op.

Begravede følelsen og mig selv.

Lod det gå indad.

Det var nok mig, der var dum, uvidende og intet værd.

Jeg kunne lige så godt opgive det hele.

Jeg duede ikke til denne verden.

Hvordan kunne jeg dog tænke sådan?

Hvorfor reagerede jeg ikke på vreden og den følelse, den gav mig, og måske konfronterede den eller det, der havde udløst den?

Ved det ikke.

Men lærte det.

Var den værd at reagere på, så lærte jeg at gøre det.

Var den uvæsentlig, lærte jeg at sige "pyt"

Kender du til vrede, der ikke gør noget godt for dig, fordi du ikke reagerer på den?

Og jeg mener ikke fysisk reaktion.

Lykke

Hvis du vil være lykkelig i et år, skal du vinde i lotteriet.

Hvis du vil være lykkelig hele livet, skal du beskæftige dig med noget, du kan lide.

Hvordan vil det være at vågne hver morgen af sig selv og uden en telefon, der vækker dig?

Hvordan vil det være at vågne og tænke:

Super, endnu en dejlig dag.

Hvor jeg glæder mig til at se, hvad den kommer til at indeholde.

Lad mig komme ud af sengen og i gang med morgenmad, så jeg kan se, hvad der sker.

Nysgerrig og parat til endnu en dejlig dag.

Kan det lade sig gøre?

Måske.

Prøv det.

Tænk på det på den måde:

Elsk dit arbejde.

Elsk dit liv.

Vågn glad hver morgen.

Se frem til en god dag.

HVER DAG.

Morgen i metroen

Bor på landet.

Kender ikke til metroen.

Og dog.

Har prøvet et par gange i København.

Første gang.

Meget opmærksom.

Anden gang.

"Det klarer jeg sagtens".

Og kørte den forkerte ve.j

Men det var ikke morgen.

Mon ikke det er den samme oplevelse midt på dagen?

Måske lidt flere passagerer om morgenen.

Ikke stor erfaring med livet i en storby.

Så en spændende oplevelse.

God måde at transportere sig på.

Prøvede det i Paris.

Undrede mig over, hvor nemt det var at finde rundt.

Glædede mig til, det kom til København.

Men nu er jeg flyttet på landet.

Øv.

Drøm stort

Ja tak.

Det vil jeg gerne.

Drømme stort.

Det er så nemt.

Koster ingenting.

Hvorfor skjule sit lys under en skæppe?

Vis verden, hvor stor og dygtig, du er.

Vær ikke bange for at prale.

Vær ikke bange for at vise din selvtillid.

Stil dig ud midt på gaden.

Fortæl, hvad du drømmer om.

Måske hvad målet er for dit liv.

Millionær inden du bliver 50 år.

Eller bare et liv fuld af kærlighed.

Et liv fuld af venner.

Hvad kan du dog ønske dig mere.

Jeg drømmer om et paradis på jorden.

Men er det en mulighed?

Hvad drømmer du?

Farvel eller på gensyn?

Jeg har aldrig rigtig brudt mig om ordet farvel.

Det kan virke så endeligt.

I hvert fald når jeg skulle tage afsked med en kollega.

Eller når jeg skulle forlade et arbejde, for at begynde på noget nyt.

Jeg ville langt hellere sige på gensyn.

Så kunne vi ses igen.

Men underligt.

Jeg har ikke noget imod at sige farvel til min mand, når jeg forlader ham for at køre til byen.

Hvorfor mon?

Her var det da mere på sin plads at sige på gensyn.

Men det gør jeg ikke.

Måske skulle jeg sige på gensyn næste gang.

Det vil vel gøre en forskel, tror jeg.

Hvor er du på vej hen?

Et godt spørgsmål.

Hvor er jeg på vej hen?

Et sted, hvor jeg har lyst til at være.

Men ved jeg, hvad jeg har lyst til?

Hvornår har jeg sidst stillet mig det spørgsmål?

Hvor er jeg på vej hen?

Jeg har lyst til at være et sted med ro og glæde.

Men også et sted med oplevelser og udvikling.

For ikke at tale om et sted med motivation og inspiration.

Et sted, der er fantastisk og magisk.

Gerne et sted, hvor fantasien kan blomstre.

Hvor finder jeg det?

Hvad siger GPS`en til mig?

På tur

Måske på livets tur.

Spændende.

Udfordrende.

Farligt.

Man kan dø af det.

Ja, man dør faktisk en dag.

Det er det eneste sikre.

Men ville det ikke være godt at have levet livet først?

Jeg vil på tur.

Jeg vil på livets tur.

Jeg vil opleve.

Jeg vil forundres og overraskes.

Jeg vii leve.

Hver eneste dag.

Jeg vil hoppe på livets karrusel.

Jeg vil prøve, alt det, jeg kan.

Jeg ved ikke, hvornår livets rejse er slut.

Jeg ved, der vil være lige så mange oplevelser, som jeg vil have.

Jeg vover at hoppe på livets tur.

Gammel kærlighed

Gammel kærlighed ruster ikke.

Har du en gammel kærlighed?

Det har jeg.

Jeg har næsten glemt den.

Men den var vigtig for mig.

Jeg elskede at spille bold.

Spille bold op af en væg.

Spille bold hen over min fars og mors seng.

Så jeg ikke larmede.

Hvorfor gjorde jeg det?

Kedede jeg mig?

Nej, jeg drømte.

Jeg dagdrømte.

Jeg drømte mig bort fra hverdagen.

Jeg blev modig.

Jeg turde alt det i mine drømme, som jeg ikke vovede i mit liv.

Jeg digtede alle de historier, jeg siden har skrevet.

Historier i mange af mine små bøger.

Se den anden vej

Ingen god ide.

Hvis jeg altid ser på begrænsninger.

Så hellere se på muligheder.

Jeg kan se på minderne.

Jeg kan se på fremtiden.

Men hvorfor ikke se den anden vej?

Se på livet, som det er lige nu.

Jeg kan leve i minderne.

Jeg kan leve i fremtiden.

Jeg kan også leve her og nu.

Så jeg beslutter mig.

Jeg vil se på livet, som det er her og lige nu.

Jeg vil se på muligheder i stedet for begrænsninger.

Er det svært at se den anden vej?

Prøv. Det er faktisk lettere, end du tror.

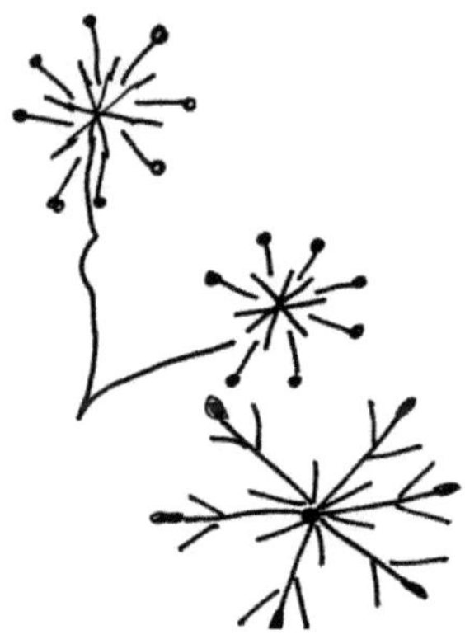

Hvad dette øje har set

Et godt spørgsmål.

Dette øje, hvis det er mit, har set meget.

Men har jeg virkelig set?

Som barn er man nysgerrig og videbegærlig.

Som barn vil man se det hele.

Som voksen mister man måske lidt af nysgerrigheden.

Man lægger ikke så meget mærke til omgivelserne.

Hvad ser du, når du er i supermarkedet?

Hvis jeg spørger dig, hvem du mødte?

Svarer du måske.

Ingen, jeg kender.

Hvor mange kvinder?

Hvor mange mænd?

Aner det ikke.

Jeg har vist glemt at se, hvad der sker omkring mig.

Jeg har nok i mig selv og min huskeseddel.

Spil for mig

Musik er dejlig.

Sang er endnu bedre.

Men smag og behag er forskellig.

Også når det drejer sig om musik og sang.

Det jeg elsker at høre på, er støj for andre.

Og omvendt.

Hvordan kan vi mødes i musikkens verden?

Jeg ville gerne bede en jazzmusiker om at spille for mig.

Men spiller han saxofon, kan jeg ikke holde det ud.

Det er støj for mig.

Hvad hvis jeg elsker at høre Grieg.

Og min nabo er til Kim Larsen.

Hvordan kan vores fælles glæde for musik, så mødes?

Hvordan kan jeg sige det?

Spil for mig.

Selvtillid

Et ord af stor betydning.

Bruges ofte forkert.

Vi taler om selvtillid, men mener selvværd.

Selvtillid kan man få ved at være god til noget.

God til at strikke.

God til at køre bil.

God til at snakke.

Men tror jeg på mig selv?

Tror jeg på, at jeg er noget værd?

Har jeg selvværd?

Måske har du en chef, der udstråler selvtillid.

Men derfor kan han godt have lavt selvværd.

Selvtillid er ikke det samme som selvværd.

Er det godt at have høj selvtillid?

Ja, hvis ikke det betyder at løfte sig selv, for at træde på andre.

Nysgerrige blikke

Husker min ungdom.

Nysgerrig.

Verden var stor og spændende.

Meget skulle prøves og gøres.

Var det nysgerrige blikke til det andet køn?

Ja, hvis jeg ikke var for genert.

Nysgerrige blikke, kunne blive til kontakt.

Godt med kontakt.

Nødvendigt.

Livet skulle udfoldes.

Livet skulle leves.

Alt var nyt og spændende.

Men også udfordrende og farligt.

Næste fase i livet var på vej.

Kæreste.

Forlovelse.

Giftermål.

Alt var nyt og anderledes.

Nysgerrig på livet.

Leve før det blev for sent.

Udforske muligheder.

Udforske kærligheden.

Nysgerrige blikke blev til nysgerrige oplevelser.

Nysgerrige oplevelser blev til bump på vejen.

Men ville ikke undvære et eneste bump.

Hvad er du bange for?

Det tænker jeg ikke så meget over i dag.

Men da jeg skulle på pension, tænkte jeg meget.

Jeg var bange for en tom kalender.

Jeg frygtede at vågne om morgenen.

Ikke at have noget, jeg skulle.

Hvorfor mon jeg havde det sådan?

Mine kollegaer glædede sig til ikke at skulle noget, når de skulle på pension.

Det de glædede sig til, frygtede jeg.

Var arbejdet blevet min identitet?

Var jeg intet værd uden mit arbejde?

Kunne jeg ikke bare arbejde i en genbrugsbutik?

Nej, jeg ville kunne gøre en forskel.

Jeg ville stadig lære mere og blive klogere.

Jeg ville stadig udvikle mig.

Ville stadig møde nye mennesker.

En fuld kalender.

Langsomt blev den fyldt.

I dag måske bange for, at den er blevet for fyldt.

Lad dig stoppe

Ikke lyst til at blive stoppet.

Vil gøre, hvad jeg har lyst til.

Vil ikke lade noget, eller nogen stoppe mig.

Men måske ikke så dårligt at blive stoppet.

Ikke altid så klogt, det vi gør.

Sætte hånden på det varme komfur?

En dårlig ide.

Godt vi har lært det.

Håber jeg.

Arbejde, så vi springer nattesøvnen over.

Duer heller ikke.

Kun ganske få gange.

Lader mig gerne stoppe, hvis jeg er på vej over for rødt lys.

Lader mig gerne stoppe, hvis jeg har drukket for meget.

Lader mig gerne stoppe, hvis det er kærligt ment.

Lokkemad

Et underligt ord. Lokkemad.

Nogen der lokker dig til at spise noget mad, du måske ikke har godt af eller ikke lyst til?

Vi har vist alle prøvet at læse en annonce eller måske set noget TV, hvor der var en reklame, som vi knapt lagde mærke til, men som gjorde, at vi blev lækkersultne.

Jeg har i hvert fald.
Så er det med at sørge for et tomt køleskab, eller bo langt væk fra butikker, der har åbent.

Heldigvis er det ikke længere tilladt med reklamer for rygning og spiritus, men alligevel kan vi let lade os lokke, hvis vi ser nogen, der drikker eller ryger i en film fra den tid, hvor det stadigt var en del af underholdningen.

Kender du til det?
Hvis ikke, så læs ikke videre.

Hvis ja, så lad os i fællesskab beslutte os for, at vi selv bestemmer.

Ikke nogen smarte reklamefolk eller filmproducenter, der tænker på deres økonomi, skal lokke os til at gøre noget, vi ikke har lyst til eller som ikke er sundt for os.

Vi vil selv bestemme over vores sundhed og velbefindende.

Livsglæde

Livsglæde er en luftig tilstand.

Den fungerer som en ballon.

En ballon kan gå i stykker.

Men den forsvinder ikke.

Der er altid nogle bidder tilbage, som kan samles

igen.

Pludselig er der en ny ballon.

Det jeg var, har gjort mig til den, jeg er.

Hellere handle og fejle eller ikke handle overhovedet.
Hvis jeg havde tid og penge, ville jeg gøre mange ting.

Eller måske gøre det samme, som jeg gør nu.
Har jeg ingen drømme?
Jo, men de bliver opfyldt hver dag i det, jeg gør.

Mod

Ikke modig.

Og dog.

Ofte modig.

Løfter kan brydes.

Ikke modig.

Man holder, hvad man lover.

Ikke modig, men klog.

Kan godt, men behøver jeg gøre det?

Ikke modig.

Tør ikke sige det.

Ikke modig.

Hvordan siger jeg NEJ?

Kan ikke, men behøver at sige NEJ.

Siger NEJ.

Højt og tydeligt NEJ.

Desværre. Kommer ikke.

Kan ikke. Klar det selv.

Klar jer uden mig.

Jeg kommer ikke.

Jeg er modig.

Jeg tør sige fra.

Jeg tør sige NEJ.

Jeg kommer ikke.

Ha` et godt møde.

Men jeg kom

Lad freden slå rødder

Et træ, der står i mange år, har gode rødder.

Rødder, der breder sig og holder fast i jorden.

Mit meget gamle kirsebærtræ, står fast på grund af sine rødder.

På trods af mange års vinterstorme, og grene, der er brækket af, står det fast.

Grenene behøvede støtte og hjælp med gjorde, der støtter den gamle stamme.

Freden har slået rødder i mit gamle kirsebærtræ.

Rødderne har aftalt med grenene, at de nok skal holde fast, når stormen kommer.

Grene og de smukke blomster, lover at blomstre og bære mørkerøde bær, når tiden kommer.

Rødderne har deres opgaver. De skal fastholde træet i jorden.

Grenene har deres opgaver. De skal bære knopper og blomster og senere bær.

Alle har hver deres opgaver.

De bliver ikke misundelige på hinanden.

Rødderne vil ikke pludselig være grene.

Grenene vil ikke pludselig være rødder.

Tænk hvis mennesker havde det på samme måde?

Min opgave er min

Jeg er glad for den.

Min opgave.

Jeg er taknemmelig for min plads i verden.

Jeg kan samarbejde med dig.

Jeg kan tale med dig.

Jeg respekterer dig.

Jeg accepterer dig og din opgave.

Vi forstår hinanden.

Vi kender hinanden.

Vi er venner.

Vi har tillid til hinanden.

Vi tolererer hinanden.

Vi tilgiver hinanden, hvis vi begår fejl, fordi vi er mennesker.

Og mennesker fejler.

Det er menneskeligt at fejle.

Tør du fejle?

Familien flyttede

En sød familie.
Sikkert fra Pakistan.
I hvert fald, ser kvinden sådan ud.
De havde en sød lille baby på et par måneder.

Pludselig en dag var de væk.
Hvorfor mon?
Alt var væk, og alt var tømt og rengjort.
Jeg havde intet hørt.
De var der, da jeg gik på arbejde om morgenen, hvor jeg hilste på kvinden på trappen.

Nu hvor jeg tænker over det, er det lidt uhyggeligt.
De har boet der et par år, tror jeg, men jeg kender dem ikke.
Har aldrig været inde hos dem. For resten har jeg da eller aldrig inviteret dem ind til mig.

Nå, hvorfor skulle jeg det?

Hvordan kunne jeg gøre det?

De havde slukket lyset, når jeg kom hjem sent om aftenen. Men alligevel.
Der var vel weekenderne.
Måske havde jeg bare nok i mig selv.
Hvorfor er jeg pludselig nysgerrig, når de er flyttet?

De var måske på flugt.
Sikkert, men på flugt fra hvem eller hvad?
Hvad kunne de flygte fra?

Måske var manden også gift med en anden pakistansk kvinde.
Eller måske en dansk kvinde?
Måske var hendes far eller bror efter ham og ville tage livet af ham.
Måske var han flygtet fra en narkogæld i udlandet.
Nej, det tror jeg ikke.

Han var en sympatisk og charmerende mand at se på.

Kan man vurdere folk ved blot at se på dem?

Måske havde de ikke opholdstilladelse og flygtede fra myndighederne?
Måske flyttede de, fordi de ikke kunne holde min musik ud, når jeg spillede om natten.
Jeg lider af søvnløshed og hører meget musik om natten, for at kunne blive søvnig.

Sikke jeg kan digte.

Hvorfor bliver jeg først nysgerrig, når det er for sent?
Hvorfor var jeg ikke interesseret i dem, mens de var der?
Hm..

Måske skal jeg tænke lidt over at være nysgerrig og kontakte mine naboer, mens de stadig er der, næste gang, der er nogen, der flytter ind.

Tænk, hvad jeg måske er gået glip af.

Føle sig udenfor

For et par dage siden deltog jeg i et møde, der for mig ville kunne være blevet en dejlig og kreativ oplevelse. Sammen med mange kulturelle og kreative mennesker.
Men sådan blev det ikke. Der skete noget mærkeligt.

Jeg havde nogle ideer med, som jeg ville fremlægge, men aldrig fik gjort. Jeg følte mig udenfor og anderledes.

Som et landskab med flere parallelle veje, og jeg stod helt alene på min vej. Alle de andre kørte på vejene til venstre og for højre for mig.

Der var mange spændende ideer og engagerede mennesker. Men jeg kunne ikke finde deres veje.

Hvad skete der?

Var jeg i et forkert humør? Ikke da jeg kom.
Var jeg træt? Nej, det tror jeg ikke.
Ikke da jeg kom i hvert fald, men jeg blev det.

Lever de i en anden verden, end min?

Måske.

Men det har jeg da oplevet før og plejer bare at blive nysgerrig for at lære deres verden at kende.

Hvad skete der egentlig her?
Ved det ikke.
Jeg følte mig bare udenfor.
Alle kendte alle.

Og ingen tænkte på, at det kunne være en ide, at vi blev præsenteret for hinanden. Der var sikkert flere, der lige som jeg, følte sig udenfor.

Det havde ikke været nødvendigt.

Kender du den følelse?

MORALE:

Hold aldrig et møde eller fest uden at sikre dig, at alle føler sig velkomne.

Seneste udgivelser af Lone Rytsel

EN TUMLINGS DAGBOG – en ulykke er ikke kun en ulykke.

Uskyldig forfulgt.

Opmuntring i en krisetid.

Medforfatter i:

Lad pennen skrive.

EVENTYR-ANTOLOGI.

LIVET HAR LÆRT OS.

Se mere: Hjemmesiden: **Sandvig-Folkeoplysning.dk**